für Matthias

Mein Leben, Liebe ohne Ende!

Trudi Bogya

Mein Leben, Liebe ohne Ende! 6

Spurensuche 33

Liebste Freundin, wie lange hatten wir uns nicht gesehen. Unser Gespräch dauerte Stunden und immer war noch nicht alles erzählt. Aber ich hatte Dir ja versprochen, mein Leben vor Dir auszubreiten.

Meine Gedanken spielen verrückt, wo soll ich anfangen. Mit 80 eine alte Liebe wieder finden, hiermit fangen nun meine Erinnerungen an.

Mein Leben, Liebe ohne Ende!

Mit Gefühlen fertig werden, die mich total im Griff haben. Alte Erziehungsrituale meiner Eltern, Verklemmtheiten und falsche Rücksicht auf Spießbürgertum um mich herum haben früh, besonders gleich nach dem Ende des zweiten Weltkrieges, mein Leben diktiert. Mein größtes Opfer, meine große Liebe! Es tat so weh, alles holt mich wieder ein. Unbewältigte Vergangenheit kommt aus dem Gedächtnis gekrochen.

Meine Kindheitserinnerungen sind einfach schön. Beim Frühstück zog mein Sandkastenfreund am Zopf und raus ging's zum Spielen. Im Nachbargarten durften wir Äpfel und Birnen auflesen. Geht's da unbewusst schon los? Ich glaube, ja. Immer, wenn wir uns treffen, uns von früher erzählen sind das schöne Rückblicke.

Jahre später besuchte ich unsere umgezogenen Nachbarn oft mit dem Rad. Mein Jugendfreund und ich entdeckten unsere Leidenschaft zum Zeichnen. Viele schöne, unschuldige Stunden mit Klaviermusik und Zeichnen prägten diese Jahre. Mit weißgestärkter Schürze servierte uns seine Mutter frische Erdbeertorte. Manchmal blieb ich über Nacht und durfte oben im Himmelbett schlafen. Die Tür blieb auf, denn es gab eine kleine Nachtmusik von unten auf dem Klavier. Kostbare Erinnerungen, die ich nicht missen möchte. Ausbildung und Beruf trennten unsere Wege.

Während der Schulzeit machte ich in den Herbstferien Erntehilfe in Ettenbüttel, einem schönen, alten Heidedorf. Unter vielen, mächtigen Eichen standen behäbig und ruhig große Bauernhöfe. Ich kam zu Thea und Albert und wurde gleich herzlich aufgenommen. Von Heidjersturheit keine Spur, es wurde später eine ganz dicke Freundschaft. Hier habe ich dann melken gelernt, Rüben im teilweise schon leicht gefrorenen Boden gerodet und Kartoffeln geerntet. Nachts bin ich hundemüde in dicken Federbetten versunken und habe traumlos geschlafen. Abends drückten sich ein paar „Hoferben" die Nase am Stubenfenster platt. Trudi u'te Zickenstadt ist da! Ein ziemlich netter Junge bemühte sich sehr, aber Landleben? Viel zu früh, viel zu jung! Lange Jahre bin ich mit dem Rad nach Ettenbüttel gefahren, die Freundschaft hielt.

In der Schulzeit fing es dann mit kleinen Zettelchen unter der Schulbank an. G. lässt fragen, ob Du mit ihm gehen willst. Ich hatte so heftige Minderwertigkeitsgefühle, dass ich immer alles abgelehnt habe. Später, viele Jahre später beim Klassentreffen und mit hübschen Komplimenten bedacht, erfuhr ich, dass ich einfach nicht zu kriegen war. Sehr aufschlussreich! Kleine Schwärmereien waren ja immer da, das behielt ich aber fein für mich! Die Zeit war so!

Nach meinem Mittelschulabschluss habe ich mich entschlossen, Gutssekretärin oder Landwirtschaftliche Lehrerin zu werden und begann meine Ausbildung auf dem Lehrgut Lieblingshof in Mecklenburg. Aus dieser Zeit bleibt mir eine romantische, wunderschöne Schlittenfahrt über tief verschneite, holprige Landstraßen in Erinnerung! Wir besuchten unsere ziemlich weit entfernten Gutsnachbarn. In dicke Felldecken gemummelt und mit unserer gutgelaunten Gutsherrin trabten die Pferde los. Die Glöckchen bimmelten am Geschirr. All unsren Stress und die viele Arbeit hatten wir vergessen. Es gab eine sehr herzliche Begrüßung und im Wintergarten Kaffee und Zuckerkuchen, welche Wonne! Der Sohn des Hauses zeigte Irmgard und mir das schöne, sehr gepflegte Gutshaus. Hier hätte Fontane eine seiner Romanfiguren lieben und leben lassen können. Ich war sofort in einer anderen Welt, in Träumen um die Jahrhundertwende. Aber wir mussten ja bald den Heimweg antreten. Und dann wurde mir der Vorschlag gemacht, das zweite Lehrjahr auf diesem Gut zu machen. Nein, hier mochte ich nicht bleiben. Trotz des hübschen Sohnes!

Der Krieg war ausgebrochen und mein Vater wurde eingezogen. Er leitete als Offizier aus dem ersten Weltkrieg das Wehrmeldeamt Gifhorn und besuchte mich auf einer Dienstfahrt. Die Lehre war sehr hart. Ich war überglücklich, meinem Vater so wichtig zu sein, dass er Einspruch erhob wegen ungerechter Behandlung. Er wollte nicht, dass so mit seiner Tochter umgegangen wird. Das hat er der sehr herrischen Frau Fellensiek deutlich gemacht. Er übernachtete oben im „Blauen Zimmer" und bekam für seine Familie ganz viele „Fressalien" mit. Sie wollte mich unbedingt behalten. Ich habe das Lehrjahr mit einem guten Zeugnis beendet. Mein Vater hat mich bewogen, die Ausbildung zu beenden. Ich hätte dann in Halle weiter studieren können.

Aber nun musste ich zuerst Arbeitsdienst und Kriegshilfsdienst leisten. In dieser Zeit starb mein Vater ganz plötzlich an einer Hirnhautentzündung. Wir konnten seinen fünfzigsten Geburtstag noch feiern. Er wurde mit großen militärischen Ehren beigesetzt. Es war ein entsetzlicher Schock, ich liebte ihn sehr. Meine arme Mutter, die schon ihren ersten Mann im Weltkrieg 1914-18 verloren hatte, stand nun ganz alleine da. Meine Schwestern lebten außerhalb Gifhorns weit entfernt. Durch die Vermittlung einer guten Bekannten bekam ich dank meiner Mittleren Reife, eine Anstellung als Telefonistin im Gifhorner Postamt. Mein Wunsch, zur Kunstgewerbeschule in Braunschweig zu gehen, war in weite Ferne gerückt. Der Krieg überdeckte alles.

Nur im Nachtdienst hatte ich einen faszinierenden Gesprächspartner in Fallersleben. Überaus höflich und gebildet stellte er sich als Gefreiter der Deutschen Wehrmacht vor. Wir philosophierten über Dinge, die vorher für mich nicht wichtig oder bedeutsam waren. Was habe ich alles gelernt und erfahren! Er war ein sehr gläubiger Mensch. Beim ehrgeizigen Versuch Nietzsches „Also sprach Zarathustra" zu verstehen, bin ich zu dem Schluss gekommen, dass mein Verstand das nicht erfasst!

Über ein Jahr hatten wir so Kontakt und wunderbare Gespräche. Aber ich hatte überhaupt keine Vorstellung von meinem Gegenüber in der Leitung. Die Phantasie arbeitete schon auf Hochtouren. Ich hatte viele schöne Briefe bekommen, die schon etwas persönlicher mit der Zeit wurden. Hatte er mich gesehen, ohne dass ich es wusste?

Dann der plötzliche Anruf, dass er mich gern in Gifhorn treffen möchte. Ich war sehr gespannt! Ein eleganter, schlanker Mann, einen Kopf größer als ich, begegnete mir nun in Zivil. Hatte ich mir so meinen Gesprächspartner vorgestellt? Ich weiß es nicht mehr. Sein Benehmen zeigte mir deutlich, dass er sich verliebt hatte.

Sein Grund nach Gifhorn zu kommen, war mich zu warnen. Es war kurz vor Kriegsende. Er wusste scheinbar mehr, als ich damals ahnte und gab mir Verhaltensmaßnahmen für den Notfall. Dann trafen wir uns sehr oft und er hat mir viel von sich erzählt. Vom Blutbad in Bromberg und wie die Nazis die besetzte Stadt und ihre Einwohner in Rassen erster und zweiter Klasse einteilten. Es ging nach dem Anteil deutscher Vorfahren. Sein „Anteil" mit deutschem Blut war so hoch, dass er zur deutschen Wehrmacht musste. So wurde aus einem polnischen Rittmeister ein Gefreiter des deutschen Heeres! Mit Widerwillen, wie ich dann später von ihm gehört habe.

Der Krieg war vorbei und ich staunte, dass er als polnischer Offizier formvollendet mit Handkuss bei meiner Mutter um meine Hand anhielt. Diese Uniform machte alles doch sehr fremd. Trotzdem hatte ich überhaupt keine Angst, mit ihm nach Polen zu gehen. Vorher haben wir noch gemeinsam die Taufe meines Patenkindes Clemens in der katholischen Kirche gefeiert. Er hatte Erlaubnis, Orgel zu spielen. Es war alles so unwirklich und schön! Die Hochzeit war dann beschlossene Sache. Alles war vorbereitet und Gäste eingeladen. Gifhorn stand Kopf vor Empörung, die Tochter eines deutschen Offiziers heiratet einen Polen, der gehören die Haare geschoren! Unsere Familie war sehr bekannt, der Skandal perfekt. Und zudem noch das, ich hätte katholisch werden und nach Bromberg gehen müssen. Was war das?

Hypnose, totale Abhängigkeit, Faszination? Heute denke ich, dass es Verblendung, aber keine richtige Liebe war.! Das Aufwachen war schrecklich. Hastig hin gekritzelte Zeilen auf einem Zettel ... Meine Königin, ich muss wichtige Dinge erledigen ... bin schnellstens zurück. Vergiss nicht, ich liebe Dich! ...

Ich wollte sterben, eine Woche vor der Hochzeit! War es Flucht, oder waren es politische Gründe? Das Polnische Konsulat in Celle hat lange recherchiert. Mit einer Sondergenehmigung ist er in Wolfsburg in den Zug nach Polen gestiegen und nie angekommen. Entweder wurde er wegen seiner geheimdienstlichen Tätigkeiten liquidiert oder persönliche Gründe haben ihn bewogen, aus diesem Leben in Deutschland auszusteigen. Es ist nie geklärt worden!

Uns gegenüber wohnte meine alte Freundin Ingrid. Sie stellte meiner Familie ihren 1945 aus englischer Gefangenschaft entlassenen Stiefbruder Arpad vor. Er lernte so auch meinen damaligen Verlobten kennen und bekam später das ganze Drama hautnah mit.

Nach einer kurzen, nachkriegsbedingten Berufspause wurde mir, da ich gut englisch sprach, die Stelle einer Bibliothekarin bei der englischen Truppe in Wesendorf angeboten. Mit Broders Bus war es ein bequemes Hinkommen. Seit langer Zeit endlich wieder ein schöner Winter.

Meine Leser waren durchweg höflich und gebildet. Gute persönliche Gespräche entwickelten sich über deutsche und englische Lebensart, über Literatur, Musik, Malerei. Ich war in meinem Element und konnte bestimmt viele Vorurteile ausräumen. Bewunderung von vielen Seiten blieb nicht aus, das waren Streicheleinheiten für die Seele! Ich konnte nebenbei meiner Leidenschaft Zeichnen nachgehen, Glenn Miller hören und beinah Oxfordenglisch sprechen. Die Ladies kamen oft zur Teatime von nebenan und boten mir Tee und Sandwiches an. Und dann kam immer öfter Jimmy A,. Er hatte Feuer gefangen und war sehr verliebt. Meist saß er in einem dieser schweren Lesesessel und hat mich angeschaut. Unsere ersten persönlicheren Gespräche folgten. Er erzählte mir, dass sein Vater Brigadier (Brigadegeneral) in Indien war, ich konnte mit einem deutschen Major dagegen halten, wir haben viel gelacht! Dieses Gespräch ist mir deshalb in Erinnerung geblieben, weil Indien sofort eine Vorstellung von ungeheurem Prunk, geschmückten Elefanten, rauschenden Farben und englischer Kolonialherrschaft auslöste!

In dieser Zeit kamen die großen Hollywoodfilme zu uns ins Fernsehen und diese Eindrücke haben sich im Gedächtnis festgesetzt. Faszinierend diese unterschiedlichen Kulturen, das kann man nicht vergessen.

Jimmy bewunderte meine Zeichnungen und bat mich, seine Mutter nach einem kleinen Foto zu zeichnen. Es ist mir sehr gut gelungen. Ihr Portrait, das Bild einer typisch englischen Lady in den besten Jahren. Nun hatte ich auch den Mut, ihn selber zu zeichnen. Der erste Versuch gelang mir nicht so gut. Den habe ich behalten und später in meiner alten Zeichenmappe wieder gefunden. Deine Augen, Jimmy Darling, habe ich nicht ganz getroffen. Dafür klappte der zweite Versuch umso besser. Ich hoffe, dass es meine Portraits noch irgendwo in England gibt. Seine Mutter schickte mir einen traumhaft schönen rosa Angorapullover, die Zeichnungen müssen ihr gefallen haben. Auf einem meiner alten Fotos trage ich ihn.

So, liebe Freundin, diese Liebe nahm uns langsam, aber unaufhörlich gefangen. Ich konnte es nicht erwarten, ihn immer wieder zu sehen. Durfte ich das überhaupt zulassen? Ich war verzaubert! Nach meiner polnischen Affäre jetzt meine große Liebe zu einem Engländer! Mein anerzogenes schlechtes Gewissen hat bewirkt, dass ich später ab diesem Zeitpunkt alles total vergraben habe! Damit habe ich die schönsten Erinnerungen an unsere Liebe verschenkt!

Mir ging es nicht so gut bei all diesen Gedanken, da ich merkte, dass Arpad mehr als Freundschaft für mich empfand! Aber die Liebe zu Jimmy war größer. Arpads Zuneigung gefiel mir, weiter mochte ich nicht denken. So blockierte ich auch jegliche Annäherung.

Soviel Liebe, wie hatte ich das verdient! Damals habe ich nicht darüber nachgedacht. Einfach gelebt und das als selbstverständlich hingenommen. Das konnte nicht gut gehen. Irgendwann musste ich irgendjemandem wehtun. Über zwei Jahre vergingen, meine englische Liebe konnte ich streng geheim halten. Wir konnten uns dadurch auch nicht sehr oft sehen. Meine Freundin Inge lud uns manchmal zum Tee in ihre schöne Villa ein. Sie mochte ihn sehr und konnte nicht begreifen, dass ich keine Entscheidung, wie auch immer, treffen wollte!

Weihnachten stand vor der Tür. Für mich war das ein Fest, das Gänsehaut, knisternde Vorfreude und Geschäftigkeit ausgelöst hat. ich habe mich überhaupt nicht wohl gefühlt. Mit meiner Unruhe und wechselnder Laune strapazierte ich alle. Diese Heimlichkeiten waren zu viel. Ahnten Arpad und meine Mutter etwas? Heiligabend lagen meine Nerven blank. Meine Familie drängte mich, nach dem Fest irgendwo Urlaub zu machen. Ich merkte selbst, dass ich unausstehlich und schwierig war. Arpad schenkte mir zu Weihnachten einen Opernführer, in den er Goethes Hymne an das ewig Weibliche als Widmung hineingeschrieben hatte. Ich liebte diese schüchterne Liebe so sehr an ihm, dass ich hemmungslos weinen musste. Ich war mit meinen Gefühlen total zerrissen. Mein Herz blutete, was sollte ich nur tun! Von Jimmy bekam ich etwas später einen großen Shakespeare Band. Seine Liebeserklärung darin, hineingeschrieben für ewig ... to Trudi, with all my love, Jimmy, 1950.

Ich liebte irgendwie zwei Männer und zwei Männer liebten mich. Sie waren sich so ähnlich!
„Und doch, welch Glück, geliebt zu werden!
Und lieben, Götter, welch ein Glück!"
Goethe

Für zwei Wochen bin ich nach Altenau in die Pension Nietmann gefahren, raus zu kommen aus all diesen Verwicklungen. Ich weiß nicht, wie ich diese ersten öden Tage ausgehalten habe. Dann hat Jimmy mich an einem Wochenende besucht. Er wohnte in Moock's Hotel, es wurde von den Engländern verwaltet. Hatten wir das alles abgesprochen? Ich weiß es nicht mehr. Heute hätte ich mir dort im Hotel ein Zimmer genommen, um keine Minute mit ihm zu versäumen. Ich bin zum Frühstück ins Hotel gewandert und habe, glaube ich, jede Mahlzeit mit ihm eingenommen. Das Foto, das ich als einzige Erinnerung an ihn habe, zeigt uns beim Abschied auf dem Hotelhof vor dem Mercedes. Wer hat uns da eigentlich fotografiert?

Wir mussten uns trennen, das habe ich ihm klargemacht. Meine Mutter hat mir nach Altenau einen sehr traurigen Brief geschickt. Sie hat sich alles von der Seele geschrieben, ihre Verzweiflung über die „Sache" mit dem Polen, dass sie ihre Zustimmung damals gegeben hatte, würde sie sich bis heute nicht verzeihen. Ich sollte nun in Ruhe über mein Leben nachdenken und keine unüberlegten Schritte tun, die ich vielleicht einmal bereuen würde. Was ahnte sie? Zwei Schwiegersöhne hatte sie Ende des Krieges verloren und der dritte war in Karaganda in russischer

Gefangenschaft. Und nun das alles mit ihrer „Schwarzen", die ihr soviel Kummer gemacht hatte. Ich hätte ihr das Herz gebrochen, wenn ich weggegangen wäre. Der Brief war so verwischt von Tränen, dass ich ihn kaum lesen konnte. Sie schrieb mir, dass Arpad oft und lange bei ihr gesessen hätte und nicht verstehen konnte, warum ich im Laufe der Zeit so abweisend wurde. Er wollte mich doch heiraten, aber ich ließe kein Gespräch zu. Dies alles schrieb sie mir unter dem Siegel strengster Verschwiegenheit! Es hat mich furchtbar beeindruckt!

„Alle das Neigen von Herzen zu Herzen,
Ach wie so eigen schaffet das Schmerzen!"
Rastlose Liebe
Goethe

Ich wollte nun aus allem raus und habe viel geweint. Alle haben es gemerkt, ich konnte mit meinem Kummer nicht umgehen. In dieser Zeit muss Arpad den Entschluss gefasst haben, einen Brief an die Auswanderungsbehörde zu schreiben. Er wollte aus Deutschland weg, nach Südafrika.

Jimmy und ich haben langsam Abschied genommen!

Mit Arpad traf ich mich im Sommer wieder öfter, es hatte sich alles ein wenig beruhigt. Von Afrika wusste ich ja nichts! Im Juni bin ich mit Inge nach Borkum gefahren. Das hat den Kopf klar gemacht. Weit weg von Gifhorn und Wesendorf. Ich habe mich prächtig erholt und kam braungebrannt und zufrieden nachts zu Hause an. Mein Herz setzte beinahe aus vor Überraschung und ... ich weiß nicht was! Arpad stand mit einem Rosenstrauß und seinem vertrauten, lieben Gesicht am Bahnsteig. Ich wusste sofort, wo ich hingehörte. Soviel Liebe und Vertrauen!

„ Das Opfer, das die Liebe bringt,
es ist das teuerste von allen;
doch wer sein Eigenstes bezwingt,
dem ist das schönste Los gefallen!"
Goethe

Vier Wochen später auf der Badeanstalt habe ich ihn dann gefragt, wann wir uns verloben. Das geschah am 16. September 1950 und im nächsten Jahr haben wir am 20. Oktober 1951 geheiratet. Zwei Monate vorher wurde Jimmy mit seiner Truppe aus Wesendorf abgezogen.

Und etwa zwei Jahre später hörte ich durch Zufall eine Musikwunschsendung im Radio. – To Trudi „somewhere over the rainbow blue birds fly!" Judy Garland sang das oft im Radio in der Bücherei. Später habe ich erfahren, dass Jimmy noch etwa zwei Jahre in Wolfenbüttel stationiert war. So dicht und so … weit! Es gab mir schon einen Stich ins Herz, diese vertraute Melodie zu hören, aber meine Liebe zu Arpad wurde immer größer. Meine ganze Vergangenheit habe ich dann schnell und gründlich begraben. Beinah 40 Jahre Glück und Aufregungen folgten. Arpads schreckliche Krankheit, mein Leben zerbrach fast mit seinem Tod. Bettina und Arpad waren weit weg, Matthias war mein großer Halt! Seine Krankheit zeichnete sich bald ab, er hatte sie von seinem Vater geerbt. Sein Weg aus dieser Welt war gnädig! Ich war fassungslos und unendlich allein. Wie sollte ich bloß weiterleben! Keine Liebe mehr in diesem Haus, keine Rosen im Winter. Sinnlos alles!

Gut zwei Jahre sind vergangen, ich sortiere Fotos aus – und finde die Liebe meines Lebens wieder, vergilbt und vergessen. Hatte damals alles an Erinnerungen begraben, dachte ich! Mein Leben mit meiner Familie war schön und glücklich. Dieses Foto macht Unruhe und Neugier zugleich, vergrabene Gefühle kommen hoch. Shakespeare with love steht noch immer im Bücherregal. Ich konnte mich damals nicht trennen, es war Literatur. Oder war es die geheime Hoffnung etwas von ihm noch zu haben? Arpads Liebeswidmung und Jimmys „to Trudi, with all my love" stehen einträchtig nebeneinander. Die Nachforschungen im Internet durch einen ganz schön neugierigen Freund werden wohl nichts bringen. Will ich das auch wirklich? Geheimes Hoffen zu erfahren, wie sein Leben verlaufen ist? In meinen Gedanken hat sich der Kreis schon geschlossen!

Mein Leben, Liebe ohne Ende!

Was wäre geworden, wenn Afrika geklappt hätte? Das Schicksal wollte es anders! Nun lese ich noch ein bisschen Rilke und höre Elton John, er singt so schön englisch. Da ist sie wieder, diese Sehnsucht!

Liebste Freundin, jetzt will ich noch ein bisschen mit Dir klönen. Wenn bloß mein Gedächtnis besser funktionieren würde! Ich suche heftig nach noch so kleinen Mosaiksteinchen, um meine Liebe zu Jimmy zu dokumentieren. Mir fehlen Gespräche, ein Hinweis auf seine Familie und den Wohnort oder seinen Geburtstag, nichts! Es muss mich wohl auch nicht sehr interessiert haben, ich wollte ja nicht nach England. Mein Leben war Liebe und Sommer, heimlich und aufregend! Gedanken an die Zukunft? Jimmy war meine Gegenwart!

Mit einer Freundin hatte ich heute eine schöne Teestunde. Sie brachte mir die zauberhafte Novelle „Sommer in Lesmona" mit, nachdem sie meinen Lebenslauf gelesen hatte. Ich konnte nicht aufhören bis zum Ende zu lesen. Wie sich die Bilder gleichen, ich kann es nicht fassen. Zum Abschied schenkte sie mir ein Gedicht von Rilke

> „Ich lebe mein Leben in wechselnden Ringen,
> die sich über die Dinge zieh'n.
> Ich werde den letzten vielleicht nicht vollbringen,
> aber versuchen will ich ihn."

Meine Liebe, ich muss einfach alles schreiben, so bleibt es in meiner Seele haften. Meine Liebe zu Arpad und Jimmy ist so frisch wie damals. Es tut weh und ist doch so schön! Manchmal kann ich gar nicht durchatmen, die Erinnerungen überwältigen mich. Dankbar bin ich für ein so volles, gelebtes Leben. Die Gedanken an früher lassen mein Leben Liebe sein. Es ist noch nicht das Ende des Regenbogens. Ich träume einfach weiter!

Meine Tochter fragte mich kürzlich, ob Jimmy und ich, na, so ein Paar gewesen wären. Ich musste nachdenken und kam zu dem Schluss, vergleichbar mit den heutigen Lebensformen, nein. Wir konnten uns nicht oft sehen, so blieb es über Jahre eine ziemlich schüchterne Liebe, voller Spannung und Vorfreude auf das nächste Wiedersehen. Mit Kribbeln auf der Haut und Glück ... Glück

Am Montag habe ich einen Versuch gestartet mit einem Brief an die Deutsche Botschaft in London um Mithilfe bei der Suche nach Jimmys Adresse. Donnerstag rief Herr F. aus England an und bedauerte außerordentlich, nicht helfen zu können. Meine Angaben reichten leider zum recherchieren nicht aus. Er hätte Verschiedenes versucht, sorry! Noch ein bisschen small talk, das war's. Eine Hoffnung weniger. Die Enttäuschung war doch so groß, dass ich meine Tränen nicht zurückhalten konnte. Ich hatte mir vorgestellt, wie ich Jimmy greetings from Germany senden könnte. Mehr will ich nicht! Wiedersehen, wie auch immer, niemals! Ich bin viel zu eitel, mich als 80-jährige zu präsentieren. Er wäre ja auch älter geworden, trotzdem. Jimmy, lebst Du noch? Wo bist Du?

Ich habe mich zu sehr in diese Sehnsucht hineingesteigert, wie werde ich sie bloß wieder los! Bin in die Stadt gefahren und habe eine schöne heiße Schokolade getrunken. Meine liebe Inge getroffen und Neuigkeiten ausgetauscht. Danach ging es mir etwas besser. Zu Hause habe ich Elton John bis zum Anschlag aufgedreht – meine Nachbarn sind Gott sei Dank verreist – Jimmys Bild an mein Herz gedrückt. Und nun höre ich dumme Gans schon wieder eine CD. Trudis Auswahl! Von Harry Belafonte, Demis Roussos, Phil Collins und Chris Normans „Midnightlady" und ganz schlimmschön Leo Sayers „When I need you"! Nicht zum Aushalten! Selber Schuld! Nach einer Stunde Gartenarbeit, guten Gesprächen über den Zaun und einem Espresso auf meiner grünen Gartenbank ist einiges wieder im Lot. Mein Gartenparadies ist mein Arkadien! Libellen tanzen über den Teich, weiße Seerosen blühen und meine hübschen, kleinen Goldfischchen flitzen hin und her, im Apfelbaum flötet eine Amsel. Ich liebe meine Nachbarn und im Moment auch die ganze Welt, warum nur bin ich traurig. Die Sonne scheint doch!

Mein „Gute Laune Kästchen" muss her. Die schönsten Fotos, vorwiegend von mir, habe ich aus allen Alben herausgesucht. Nun kann ich mich nach Lust und Laune bewundern. Da bin ich so 24 Jahre und geliebt! Eine schönere Hilfe gibt es nicht, um trübe Gedanken zu vertreiben. Es macht einfach zufrieden und schön, Narziss lässt grüßen. Jung sein war so selbstverständlich, genau wie jetzt die Erkenntnis, dass mit 80 nichts vorbei ist!

„Wenn dir's im Kopf und Herzen schwirrt,
was willst du Beßres haben!
Wer nicht mehr liebt und nicht mehr irrt,
Der lasse sich begraben!"
Goethe

Meine Gedanken wandern zu Arpad, der über 40 Jahre mein Leben war. Mein Sohn hat eine anrührende Laudatio auf seinen Vater gehalten, die ich Dir, liebe Freundin, nicht vorenthalten möchte. Wer war er! Ein Preuße mit barocken Zügen, der gut zur Zeit des großen Kurfürsten hätte leben können. Mutig und tapfer im Beruf, wie vor allem im Umgang mit sich selbst, seiner Krankheit. Er war treu gegenüber seiner Frau, seiner Familie, seinen Idealen, um die er immer offen und ehrlich gekämpft hat. Pflichtbewusst, seine Meinung war schwer zu erschüttern. Ihn zeichnete die selbstverständliche Liebe gegenüber seiner Frau und seiner Familie aus, eine Liebe, die jede Meinungsverschiedenheit im Ernstfall beiseite wischte. Traditionen hat er vorgelebt. Und blieb bei alledem immer „Herr B." Er hatte Stil und diesen auch trotz schwerster Krankheit nie verloren. Bei allen Eigenheiten ist er für uns ein Vorbild. Es gibt kein besseres Resümee als sein Trauspruch „Sei getreu bis in den Tod, so will ich Dir die Krone des Lebens geben." Er hat seine Ruhe auf See gefunden. Zur Silberhochzeit habe ich ihm ein schönes altes Silberetui für seine Zigarillos geschenkt. „Ich habe mehr bekommen, als ich geben konnte", das habe ich mit großer Liebe und Dankbarkeit hineingravieren lassen.

„Ich bin bei dir, du seist auch noch so ferne,
Du bist mir nah!
Die Sonne sinkt, bald leuchten mir die Sterne.
O wärst du da!"
Goethe

Hinter sein Foto im alten Rahmen habe ich ihm, mit der Hoffnung auf ein Wiedersehen, geschrieben, „Komm an mein Herz, bis ich Dich wiederhab, wie einst im Mai". Die Liebe ist mit den Jahren immer mehr gewachsen, ich war ihm ja wirklich von Herzen treu und konnte lange Jahre seinen Tod nicht verwinden. Seine Liebe und Zärtlichkeit fehlten mir so sehr. Im Radio klingt ein Liebeslied für Dich „Auf den Flügeln der Sehnsucht kann ich Dich noch einmal berühr'n"! Morgen fahre ich in die Stadt, eine Brasilshow lockt mich. Sowie exotische Musik erklingt, hält mich nichts mehr, im früheren Leben muss ich da gelebt haben! Was sagte meine liebe Paula immer? Trudi, du bist eine Zigeunerin. Na gut, so habe ich früher auch manchmal ausgesehen. Und reichlich Komplimente bekommen, hat doch was!

Jetzt fallen mir ein paar süße Erinnerungen an früher ein. Muss ich Dir unbedingt erzählen, „Schulla", schicker Fliegerleutnant und Freund aus Kindertagen, lud mich beim Heimaturlaub zum Film „Kauf Dir einen bunten Luftballon" ein und gab mir in der dunklen Hausecke beim Nachhausebringen den ersten Kuss. Schwer verlegen bin ich meiner Mutter unter die Augen getreten und knallrot geworden. Musste sie es nicht sehen? Jahre später beim Klassentreffen habe ich ihm gegenüber gesessen und in seinen Augen immer noch etwas gesehen! Er ist lange tot.

Trotzdem, mein erstes wirkliches Kribbeln hatte ich so mit 16 Jahren. In Gifhorn war Manöverball vom Reichsarbeitsdienst im Schützensaal. Ich durfte wider Erwarten mit einer Freundin hin. Da forderte mich ein braungebrannter, fabelhaft aussehender Mann – Uniform höhere Laufbahn – zum Tanzen auf. Zum ersten Mal im Arm eines Mannes, er roch so gut nach Seife und Soldat, das habe ich mein Leben nicht vergessen! Nach dem Lied „Am Abend auf der Heide" tanzten wir. Ich weiß nicht mehr, ob ich vor lauter Aufregung gestolpert bin. Er hielt mich jedenfalls ganz fest. Es war unvergesslich, der Mann und alles. Das merke ich an diesen Erinnerungen!

So, liebe Freundin, ich falle buchstäblich beim Schreiben meiner wichtigsten Erlebnisse von einem Arm in den anderen. Um den Ruch einer „femme fatale" gerecht zu werden, noch eine ziemlich intensive Geschichte!

Ich befand mich schon im reiferen Alter von beinah 50 Jahren, gut verheiratet, Mutter dreier Kinder und dank der Großzügigkeit meines Mannes schon früh im Besitz eines Führerscheins. Das alles mit Konfektionsgröße 38/40, also noch recht ansehnlich! Nur das Rheuma! Nach mehreren Kuren kam ich jetzt nach Bad Kreuznach, dem Bad der Rosen, das hörte sich gut an, ich liebe Rosen über alles! Ich saß mit Leni R., Georg S. und einem Möchtegernschönling – den Namen habe ich vergessen, aber ein bisschen doof – am Tisch. Leni, die rheinische Frohnatur, verdonnerte uns alle zum Duzen. Gut, die Sonne schien im Wonnemonat Mai, der Pirol brütete an der Nahe und die Rosen dufteten berauschend, die Kur konnte beginnen!

Nach all den anstrengenden Anwendungen wanderten wir fast jeden Abend an der Nahe entlang durch den Rosenpark zum Weinlokal, wo Lenis Mann urlaubte. Unter alten Kastanienbäumen tranken wir unsere Dämmerschoppen und sangen schöne Lieder. Die Sonne schien durchs Laub, es breitete sich einfach grenzenlose Zufriedenheit aus. Das ist schon ein starkes Stück, das Leben! Leise Glücksgefühle krabbeln über das Zwerchfell, man fühlt, dass man lebt, locker und losgelassen. G. verliebte sich gewaltig, ich ein bisschen. Komplimente tun einfach gut und ein kleines Wangenküsschen auch!

Arpad war auf Segeltörn und schickte mir vor seiner Abreise die DINER'S Karte und ein teures Parfüm. Ich sollte auf seinen Wunsch noch 1 - 2 Wochen im Steigenberger dranhängen. Dieser Versuchung bin ich nicht erlegen! Ich wäre mir irgendwie leichtsinnig vorgekommen.

Dieser kleine Flirt, das sah ein bisschen nach Untreue aus und das wollte ich auf keinen Fall. Flirten ja, aber „Fische" in festen Händen genießen Spiele mit dem Feuer, kennen aber ihre Grenzen! Beim letzten Pernod gestand mir mein Gegenüber, dass ihm wohl zum ersten Mal im Leben Tränen kämen beim Abschied. Er könnte es einfach nicht fassen: beinah 50, drei Kinder und so schön und dann nie wieder sehen. Diese Worte begleiteten mich auf meiner Heimreise nach Gifhorn und da musste ich doch ein wenig schlucken. Mein Mitfahrer im Zug versuchte dauernd ins Gespräch zu kommen, aber meine Gedanken waren noch in Kreuznach und ich musste an die verrückten 4 Wochen denken. Leni hatte zum Abschied abends eine Menge Rosenblüten im Park geklaut und sie mir vors Bett gestreut. So sollte ich einschlafen! Die Chefvisite am nächsten Morgen war umwerfend: Blutdruck 135/80. Sie sehen ja fabelhaft aus, war sein Kommentar.

Beim letzten Frühstück haben wir G. versprochen, verschiedene Kochrezepte mit rotem Mohn an ihn und seine Frau zu senden. Das sollte ihn an die schönen Wanderungen oberhalb der Nahe in den Weinbergen erinnern, wo wir aus vollem Hals „Roter Mohn, warum welkst du denn schon" gesungen haben. Er hat noch oft in Gifhorn angerufen und nach der Dame des Hauses gefragt und sich natürlich immer vorgestellt. Meine Tochter Bettina hat's amüsiert. G. war ein großer Kavalier und wusste was sich gehört! Von Leni bekam ich bald Post

Liebe Trudi, mir ist so
oft nach Kreuznach und Pernod,
doch die schöne Zeit ist um
und wir trinken Rum, drum!

Es war Weihnachten und Leni lebt schon lange nicht mehr. Ihr Legion Kondor Mann Heinz, eine Statur wie Arno Brekers Germanen vor der Reichskanzlei in Berlin, musste sie zuletzt tragen. Sie ist an ihrem Rheuma gestorben. Nach 3 Jahren bekam ich wieder eine Kur, gegen meinen Willen in Bad Kreuznach. Ich habe mich nicht wohl gefühlt, das Lachen mit Leni fehlte mir sehr. Zwei Tage nach meiner Abreise kam G. Er rief noch einmal bei mir an, ich habe ihn nicht vermisst. Wie gesagt, es war ein Flirt, aber ein bezaubernder!

Eben rief ein Freund an, er hätte eine E-Mail bekommen auf seine Anfrage nach Jimmys Adresse. Sie wollen ein Foto und dann tätig werden. Jetzt komme ich aus den Aufregungen nicht mehr raus. In England soll nach Dir gesucht werden, Jimmy. Das muss ich unbedingt stoppen, viel zu öffentlich ist das alles! Es käme mir vor, wie Ausziehen vor aller Augen. Das Schicksal wird entscheiden, ob ich je Nachricht bekomme, Träume bleiben!

Nun betrachte ich zum hundertsten Mal unser gemeinsames Foto aus Altenau. Sehr vertraut stehen wir nebeneinander. Ich habe mich bei Dir eingehängt und spüre förmlich die Berührung, Deine Nähe. Zwei Tage hatten wir zusammen, rodeln, lachen und Ski laufen in der Harzsonne. Es war ein Traum! Vor etwa vier Wochen rief ich im Hotel an und bekam die Auskunft, dass nichts mehr aus den 50er Jahren vorhanden ist, keine Gästelisten oder anderes. Es ist schon lange wieder in deutscher Hand.

Aber immer wieder Altenau! VW hatte dort ein Erholungsheim und Arpad wünschte so sehr, dass ich ihn mit den Kindern besuche. Also rodelten wir im Bruchberggebiet und auf dem Glockenberg. Erinnerungen wurden wach. Jahre später ein Foto mit dem Hausfrauenbund vor Moock's Hotel. Ich will nie wieder nach Altenau!

Im Moment schreibe ich alles, was mir gerade einfällt, auf. Den roten Faden, der sich durch meine Geschichte zieht, verliere ich nicht aus den Augen. Du wirst das am Schluss feststellen. Manche Erinnerung überfällt mich mit solcher Wucht, dass ich schnell schreiben muss, um nichts zu vergessen!

Liebste Freundin, wie schön mit Dir zu plaudern. Du bist mir ein lieber, stiller Zuhörer und ich kann Dir mein ganzes volles Herz ausschütten. Trotzdem kann ich Dir nicht einmal sagen, wen meiner beiden wichtigsten Männer im Leben ich am meisten geliebt habe. Ich denke Arpad! Diese treue, starke Liebe über 40 Jahre, dieses unerschütterliche Vertrauen und Zusammenhalten und kein Zweifeln. Jimmy war Liebe im Ausnahmezustand! Heute Nacht gab es La Traviata von Verdi im Fernsehen. Diese bittersüße Liebe ist so herzergreifend, Anna Netrebko mit ihrem feurigen Alfredo hat ihre Liebe so wunderbar gesungen und gespielt, dass ich mir den Schluss nicht angetan habe, meine Nachtruhe wäre dahin gewesen. So alt und so neu, die Liebe ist die größte Macht, die uns bewegt und Unmögliches erreicht! Im Moment räume ich bei meinen Büchern auf, es steht da immer noch Nietzsches „Also sprach Zarathustra" im Regal. Da ich es damals unbedingt haben wollte, bekam ich dieses in altes Leder eingebundene Buch, mit einem Siegelring von meinem polnischen Rittmeister. Er hat sich von sehr persönlichen Dingen getrennt.

Liebe Freundin, mein Sandkastenfreund und ich haben unser Frühstücksritual seit langer Zeit gepflegt. Alle paar Wochen treffen wir uns. Heute, an einem regnerischen Tag im August, ist es wieder soweit. Wir freuen uns jedes Mal auf gute Gespräche und kleine Freundlichkeiten. Dazu einen guten Kaffee und knusprige Brötchen. Dann geht's los. Wir pendeln und sind in einer anderen Welt. Hätte ich bloß nicht gefragt! Mein Wunsch dieses Mal an ihn: Lebt Jimmy noch? Nein, nein, nein, ich will's nicht glauben. Mein Herz tut weh! Die geistige Welt, in der mein Freund meditiert, kann ich nicht erreichen. Die Erfolge geben ihm meist Recht. Ich hoffe so sehr, dass er sich geirrt hat!

Meinen Brief an das Office Royal Horse Guards (the Blues) London habe ich abgeschickt. Vielleicht bekomme ich eine Auskunft, wie auch immer. Das treibt mich nun unwiderstehlich an. Sehe ich irgendwann das Ende des Regenbogens? Unser schönes Foto halte ich in der Hand. Sollte es damals wirklich ein Abschied für immer gewesen sein? Eine neue Liebe wartete auf mich, trotzdem konnte ich schwer vergessen. Der Start in ein anderes Leben war nicht einfach!
Draußen regnet es in Strömen. Lieber Gott, wie werde ich bloß die traurigen Gedanken los? Jimmy, Du bist Jahrzehnte aus meinem Leben verschwunden und nun? Im Moment kann ich auch Elton John nicht ertragen. Meine heiße Schokolade muss her! Ich kann nicht glauben, dass es Dich nicht mehr gibt!

Meine Schreibmaschine wartet. Ich unterhalte mich einfach mit Dir. „Auf den Flügeln bunter Träume fliegt mein Herz durch die Nacht" ... ein alter Schlager hilft mir auf dem Weg zu Dir! Musik war oft meine Rettung aus schwierigen Lebenslagen. Ich stelle mir einfach vor, wie ein vornehmer älterer Herr seinen Afternoontea trinkt, seine Times liest und bei Nachrichten im Fernsehen aus Deutschland an seine Zeit mit Trudi in Wesendorf denkt, with all your love, I hope! Das eine weiß ich ganz gewiss, Du hast mich nie vergessen!

Heute hat mich mein Sohn besucht, seine Familie macht noch Urlaub auf Mallorca und so hatten wir einmal ausgiebig Zeit zu klönen. Ich habe ihm meine Geschichte mit auf dem Weg gegeben mit der Warnung, dass es eine Liebesgeschichte ist und sein Vater darin eine Hauptrolle spielt. Er wird lesen, dass seine Mutter ein Mensch mit vielen Sehnsüchten und Wünschen ist.

Bei unserem Hausitaliener hat uns der Wein, ein gutes Essen und ein Grappa die nötige Leichtigkeit verschafft, über Dinge zu reden, die noch nicht ausgesprochen wurden. Wir haben uns wunderbar dabei gefühlt und festgestellt, dass wir uns noch nie so nah waren. Diese Stunden waren ein wirkliches Geschenk! Mir ist so wohl, endlich sind so überfällige Verkrustungen geplatzt. Gut, dass ich aus meinem geistigen Koma heraus bin und mich traue, aus meinem Leben zu erzählen. Ohne Rücksicht auf die Meinung anderer!

Mir fallen nach und nach bestimmt noch Episoden ein, die ich Dir, meine Liebe, erzählen werde, Ich hoffe, dass Du noch nicht eingeschlafen bist und mache jetzt eine Pause, morgen geht's weiter.

Beim Durchlesen fiel mir auf, wie oft ich das Wort Flirt benutzt habe, um Dir meinen Seelenzustand mitzuteilen. Mir fällt einfach nichts Besseres ein, um diese erotische Spannung, knisternd oder unschuldig, aber sehr anregend, zu beschreiben. Es ist für mich ein Zauberwort!

Vor 14 Tagen habe ich meine Suchmeldung nach England geschickt. Meine Unruhe wächst nun täglich. Ich höre jeden Morgen beim Frühstückskaffee auf das Klappern des Briefkastens. Liebste Freundin, hast Du auch schon einmal so sehnsüchtig auf Post gewartet? Wieder nichts! Wie vertreibe ich mir bloß dieses quälende Warten? Meine Freundin Elli aus der früheren DDR rief an und lud mich ein, wenigstens für eine Nacht auf Besuch zu kommen. Wir hatten uns ein paar Jahre nicht gesehen, aber immer Brief- und Telefonkontakt gehabt. Das war eine willkommene Abwechslung! Für diese gut einstündige Fahrt nach Haldensleben musste ich in Wolfsburg und Oebisfelde umsteigen. An der Bahnstrecke teilweise kleine Bahnhöfe, die fatal an die frühere DDR erinnerten, grau, ohne Farbe, trostlos. Dafür stieg ich aber in Oebisfelde in einen hochmodernen Triebwagen.

Mir gegenüber suchte ein junger Mann sehr aufgeregt in seinem Reisegepäck und sprang kurz vor Abfahrt des Zuges auf den Bahnsteig, kam schnell zurück und küsste hingebungsvoll sein wieder gefundenes Handy. Er schaute zu mir rüber und ich gratulierte ihm zu seinem Glück und bekam ein Luftküsschen per Hand zurück. Draußen am Zug verabschiedete sich ein sehr verliebtes Pärchen mit einem langen Kuss und in Haldensleben bekam ich bei meiner Ankunft einen herzlichen Kuss auf die Wange. In ein paar Tagen fahre ich zum Familientreffen nach Isernhagen und bekomme dort hoffentlich viele kleine Küsse. Es gibt aber noch andere Erinnerungen, all das ist Liebe!

So, nun zurück zu Elli, meiner lieben Freundin! Wir haben in Zernien, nahe Uelzen, unser Arbeitsdienstjahr zusammen verbracht. Es war ein lausig kalter Winter. Wir mussten abwechselnd Nachtwache am Kanonenofen schieben, sonst wären uns unsere Schlafdecken am Gesicht festgefroren. Beim Fahnenappell in der Frühe haben wir alle wie die Eiszapfen gestanden! Meine liebe Elli als Küchenchefin musste ertragen, dass ihr morgens oft eine Ratte aus dem Zuckersack entgegen sprang. Die Bahnlinie von West nach Ost führte ziemlich dicht an unserem Barackenlager vorbei. Eines Tages bekamen wir die Nachricht, dass ein Zug in den Osten für mehrere Stunden auf dem Gleis stand. Wir waren alle sehr aufgeregt, haben Kaffee und Tee gekocht. Es war ja eisig kalt. Viele belegte Schnitten haben wir zum Zug getragen. Die Jungs haben sich gefreut. Wir haben dann Adressen ausgetauscht und versprochen zu schreiben. Dann fuhren sie alle in den Osten nach Russland in den Krieg. Wir haben lange hinterher gewunken, bis wir die Lichter des Zuges nicht mehr sehen konnten. Ich habe nur kurzen Briefwechsel mit einem sehr netten Soldaten gehabt – dann kam nichts mehr. So ist es vielen meiner Kameradinnen gegangen, es war die Reise ohne Wiederkehr! Aber nun zurück ins Leben, ins Heute. Das ist alles so lange her, über 60 Jahre, doch in meiner Rückerinnerung sehr lebendig!

Ich komme gerade von meiner Massagepraxis und mit vielen guten Ideen im Kopf. Beim totalen Entspannen und sich massieren lassen kann man herrlich reden. Da mein Brief an Dich noch auf den Abschluss wartet, bin ich froh, einen Gesprächspartner für meine Gedanken zu haben. Gewusst habe ich, dass ein Mann in seinem Leben ein Haus bauen sollte, einen Sohn zeugen und einen Apfelbaum pflanzen muss. Mein Masseur und Psychiater wusste noch eine erweiterte Variante. Das war mir neu!

Da ich diesen Brief an Dich nicht in epischer Breite verfassen will, habe ich alles so geschrieben, wie es mir gerade eingefallen ist. Wenn ich nicht ein so ungeduldiger Mensch wäre, würde mein Schreiben wahrscheinlich zu einem kleinen Buch werden.

Ich beende nun meinen Brief. Will nicht länger auf Post warten! Was würde mich an Nachrichten erreichen? Darüber mag ich einfach nicht nachdenken und lieber den Zauber meiner Erinnerungen behalten! Irgendwann fliege ich als Bluebird über meinen Regenbogen, der dann wunderschön leuchtend am Himmel steht. Dann treffe ich meine beiden Männer und bin glücklich!

    Ich umarme Dich!
    Danke, dass Du mir zugehört hast!
    Some memories never end!

Spurensuche

Liebe Freundin, wie gerne würde ich wissen, wie Jimmys Lebensweg verlaufen ist. Ob er noch lebt. Was für eine Familie ist um ihn herum. Was hat er beruflich gemacht!

Bei all meinen Nachforschungen war auch immer ein bisschen Hoffnung auf ein Lebenszeichen dabei. Warum ist alles so unwiederbringlich verschüttet in meinem Gedächtnis! Einiges ist mir ja wieder eingefallen. Ich weiß, dass wir in diesen drei Jahren über unsere Familien gesprochen haben und uns Fotos gezeigt haben. Nichts bei all meinem anstrengenden Nachdenken kommt zurück!

So habe ich nun in einem meiner vielen Fotoalben die Jahre 1948 - 1951 durchgesehen und festgestellt, dass wir uns im Sommer 1948 näher kennen gelernt haben, und zwar in der Bücherei. Hier die Chronik dieser Jahre!

Von der Royal Air Force übernahm das Regiment „Royal Horse Guards" am 31. Mai 1948 die Anlagen in Wesendorf. Das Offizierskorps besaß über 30 wertvolle Reit- und Dressurpferde. Dieses Aufklärungsbataillon war zur Überwachung der Demarkationslinie eingesetzt und blieb bis zum 13. November 1950.

Im Sommer haben wir auf dem Kasernengelände Spaziergänge gemacht, bis mein Bus mich nach Gifhorn zurück brachte. Davon habe ich Fotos gefunden. Haben wir uns je in Gifhorn getroffen? Ich glaube nicht. Nur manchmal zum Tee bei meiner Freundin. Sie erinnert sich gut! Diese Heimlichkeiten haben mich damals schon schwer belastet. Aber Liebe und Sehnsucht waren so groß, dass wir wohl immer einen Weg gefunden haben, uns zu treffen.

Keine Erinnerung wo und wie! Ich bin dann von der Post, meinem alten Arbeitgeber, wieder in den Telefondienst zurück gerufen worden und war in Wesendorf in der Vermittlung auf dem Kasernengelände mit einer Kollegin eingeteilt. Jimmy ist manchmal am Fenster vorbei gekommen und hat uns auf unseren Wunsch fotografiert. Diese Bilder habe ich im Album gefunden. Keine meiner Kolleginnen hat geahnt, was uns verbindet. Bis er Ende 1950 wahrscheinlich gleich nach England zurückgegangen ist und nicht nach Wolfenbüttel, wie ich zuerst angenommen habe.

So, nun fängt meine Suche an. Mein lieber Nachbar Friedel hat mir eine CD mit meinen Wunschtiteln zusammengestellt, es sind alles englische Hits, die meinen Wunsch noch schlimmer machen, etwas von Jimmy zu erfahren. Diese Musik gehört seit Wochen als Begleitmusik dazu. Mit einer guten Tasse Tee bin ich nun ganz auf Spurensuche eingestellt. Es kann losgehen und macht mir eine Menge Spaß, da ich jetzt in England gelandet bin. Und zwar durch meinen Freund Bernd aus dem Isetal. Als Matthias Freund hat ihn die Suche nach der großen Liebe seiner Mutter sehr interessiert. Er konnte mir schon sehr helfen. Seine Leidenschaft: das Internet! Anfrage: Jimmy A. von 1948 bis 1950 bei den Royal Horse Guards (the Blues) in Wesendorf, Germany stationiert. Um 22 Uhr geht das Telefon: „Trudi, ich habe die Telefonnummer des Regiments, ruf sofort an, abends ist nicht mehr so viel los. Da bekommst du bestimmt gute Auskunft!"

0044 . 2078393400 – der Ruf geht raus und mit einem Stimmengewirr im Hintergrund meldet sich eine männliche Stimme. Dieser Krach hat mich ein bisschen überrascht und meine Frage auf Englisch war mehr gestottert: „Bin ich mit dem Büro der R.H.G. verbunden?" Ein großes Gelächter auf der anderen Seite und dann kam die Erklärung:" wir sind ein Pub in Brentford mit diesem Namen". Ich habe mitgelacht und noch ein bisschen höfliches Palaver! Das war ein Schuss in den Ofen, lieber Bernd! Ich habe ihn gleich zurück gerufen und dann haben wir beide auch noch eine Runde gelacht. Auf ein Neues, jetzt hat uns die Neugier gepackt. Eine halbe Stunde später rief Bernd erneut an. Ich hatte mich in der Zwischenzeit mit Elton John und einigen Pralines amüsiert!

Bernd: „Jetzt habe ich aber das richtige Büro in London, probier es doch sofort." Und ich war tatsächlich an der richtigen Adresse, aber der Junge war so perplex einen Anruf nachts aus Deutschland zu bekommen, dass aus der Verständigung nichts wurde. Er könne vom Büro aus keine Nachforschungen anstellen. Da habe ich entschieden, dass ich meinen Wunsch nach Jimmys Adresse schriftlich machen muss. So, Bernd, vielen Dank und gute Nacht! Morgen sehen wir weiter. Schlafen gehen konnte ich sowieso noch nicht und deswegen habe ich mir alle meine Traumtitel von der CD angehört und dazu einen doppelten Baileys getrunken, wenn schon, denn schon!

Meinen Brief nach Whitehall London, habe ich am anderen Tag geschrieben. Bernd hatte mir die Adresse herausgesucht. In stilgerechtem Geschäftsenglisch habe ich angefragt, ob sie mir die Adresse von Jimmy A. mitteilen können. Er war mit den R.H.G. von 1948 bis 1950 in Wesendorf. Wir waren damals gute Freunde und ich würde gerne nach so langen Jahren Kontakt zu ihm aufnehmen. Ich würde mich über Ihre Information sehr freuen und verbleibe mit freundlichen Grüßen ...

Am 14. August habe ich diesen Brief geschrieben und bekam aus London Post am 25. September. Ich hatte die Hoffnung schon aufgegeben, je eine Antwort zu erhalten. Nun kam auf feinem

Büttenpapier mit dem Wasserzeichen „conqueror" diese Rückantwort auf königlichem Papier mit Elisabeths Wappen „HONI. SOIT.QUI.MAL.Y.PENSE" ...

LONDON
Dear Fr. Bogya
Auskunft hinsichtlich eines ehemaligen Mitglieds der
ROYAL HORSE GUARDS (The Blues)

Danke für Ihren Brief vom 14. August und Ihr Nachfrage nach Jimmy A. Es tut mir leid, dass es so lange gedauert hat zu antworten. Wie auch immer, nach einer gründlichen Suche hier bei den ROYAL HORSE GUARDS und dem Household Cavalry Museum war es uns nicht möglich einen Jimmy A. zu finden nach den Informationen, die Sie uns gegeben haben. Es tut mir leid, dass ich keine besseren Nachrichten für Sie habe.

D. Chief Clerk

Da konnte ich ihn eigentlich auch nicht finden, das war nicht die richtige Adresse. Der Briefwechsel hat mir trotzdem Spaß gemacht, das Ergebnis weniger. Die Enttäuschung saß doch tief. Ich habe mich in der Stadt mit heißer Schokolade getröstet und ein paar überflüssige Dinge eingekauft. Was mache ich verkehrt bei meinen Recherchen? Darauf ist mir noch keine Antwort eingefallen. Je weniger ich erreiche, desto größer wird mein Ehrgeiz weiter zu suchen.

Bernd hat im Internet herausgefunden, dass es mehrere Regimenter R.H.G. gibt. Nun haben wir nachgedacht, was als nächstes zu tun ist. Ich habe einen Brief an die Deutsche Botschaft in London geschrieben und meinen Wunsch vorgetragen. Eine

Woche später meldet sich Herr F. am Telefon. Sie hätten meinen Brief bekommen und Verschiedenes versucht, um mir zu helfen. Leider wären meine Angaben zur Person nicht ausreichend, um Nachforschungen anzustellen. Es täte ihnen leid, sorry!

Oh, nun wird es langsam immer schlimmer. Meine Hoffnungen sinken. Sind diese Fehlschläge Strafen für meine Heimlichkeiten? So etwas will ich einfach nicht denken. Hätte ich unser schönes Foto nicht gefunden, wäre all dieses nicht passiert und mein Leben wäre um viele Erkenntnisse ärmer. Trotzdem, mir tut nichts leid, ich lebe mit diesen Erfahrungen in einer aufregenden Zeit!

Dieses Nachforschen macht mir unendlich viel Spaß, was habe ich für Kontakte bekommen. Das Leben ist auch mit 80 noch interessant! Und deswegen gebe ich nicht auf. Bettina hat meine Geschichte wunderschön gesetzt und in Kiel drucken lassen. Meine Rose aus meiner Zeichenmappe tut ein Übriges. Ich habe sie mit 14 Jahren im Zeichenunterricht bei Hans Wiebe, unserem Zeichenlehrer, gemalt. „Letzte Rose, wie magst Du so einsam hier blüh'n" das war ein Lied beim Oktoberblues zu singen, nun blüht sie neben meinen Liebeserinnerungen. Was für eine Karriere! Einen Kuss für Dich! 50 kleine Bücher sind hier in Gifhorn angekommen und zum großen Teil schon verschenkt mit einem Lesezeichen von einem meiner Fotos von 1950.

Liebe Freundin, Ich schreibe plötzlich aus tiefstem Verlangen die Liebes- und Lebensgeschichte meines Lebens. In kürzester Zeit läuft alles wie ein Film ab, was mein Gedächtnis hervorkramt. War ich das wirklich selbst? Diese Seelenpein beim Abschied einer großen Liebe! Wie kann man so etwas aushalten, diesen Schmerz, den ich keinem zeigen konnte.

Ich schreibe und kann einfach nicht aufhören. Lasse ich in meine Seele schauen? Nicht ganz. Außerdem lässt mich mein Gedächtnis bei vielen wichtigen Dingen im Stich. Mehreren lieben Menschen habe ich gleich mein Buch zum Lesen gegeben. Die Reaktion war unglaublich. Soviel Positives kam mir entgegen, ich kann es nicht fassen und wundere mich, dass mir das gelungen ist!

Abschiedsschmerz? Ich denke, jeder hat das irgendwie in seinem Leben erfahren. Denn ich habe in unzähligen Gesprächen danach Schicksale erfahren, über die ich schreiben könnte. Ganz abgesehen davon, wie viel herzliche Umarmungen und ehrliche Komplimente ich bekommen habe. Von jungen Männern und „Evas" in meinem Alter und viel jünger. Diese Woge der Zustimmung trägt mich immer noch. Ich möchte gern weiter schreiben – über Liebe? Das ist ausgereizt! Was wäre noch schön? Da muss ich nachdenken. Nur nie die Sehnsucht und Neugier verlieren, und weiterhin Rosen lieben!

Eben fällt mir ein, dass ich vielleicht bei meinen früheren Kolleginnen „fündig" werden könnte. Also Helga A. anrufen, die mit mir am Schrank gesessen hat. Sie konnte mir tatsächlich vieles erzählen, ihr Gedächtnis hat sie nicht im Stich gelassen. Aber über Jimmy wusste sie nichts. Einen Hinweis gab sie mir allerdings: Es wäre damals ein gewisser Capt. R. als Intelligence Offizier tätig gewesen. Er hat uns manchmal Papiere gebracht zum weiterleiten. Vielleicht könnte der helfen. Ich habe mir den Namen gemerkt. Aber woher die Adresse bekommen. Nun habe ich noch Lia B. angerufen. Wir haben viel zusammen gelacht und uns alles Mögliche erzählt. Auch sie wusste nichts von Jimmy, gab mir aber den Tipp, den früheren Chief Clerk von Wesendorf, Klaus W., zu fragen. Der müsste viel wissen und lebt noch in Wesendorf. Ich habe ihn sofort angerufen, er muss so in meinem Alter sein. Er konnte sich sofort an uns „Mädels" erinnern, das Telefonat hat uns beiden außerordentlich viel Spaß gemacht, mir besonders, weil ich noch ein hübsches Kompliment erhalten habe. Ein Besuch wurde ausgemacht. So, nun wurden wieder Hoffnungen geweckt, vielleicht konnte er sich anhand von Fotos erinnern. Nein, da war nichts! Der Besuch sollte aber trotzdem stattfinden.

Was der Zufall so alles bringt! Meine liebe Nachbarin Gisela B. lud mich zum Kaffee ein und im Laufe des Gesprächs stellte sich heraus, dass sie vor ihrer Heirat und dem Umzug nach Gifhorn die Nachbarin von Klaus W. war.

O-Ton Gisela: „Trudi, den besuchen wir beide. Wir holen schönen Kuchen aus Kästorf und dann geht's los." Das haben wir nun noch vor uns, da Klaus W. und Trudi Bogya beide in Fallersleben am Auge operiert werden. Alterskrankheit Grauer Star. Na, dann können wir beide uns ja klar und deutlich sehen. Aber einen wichtigen Hinweis bekam ich noch per Telefon. Ich sollte mich doch mit Wolfgang F. in Hannover in Verbindung setzen, er hat meine Kollegin Inge geheiratet und damals eng mit Capt. R. zusammen gearbeitet. So war es dann auch.

Wolfgang und ich haben ein langes Gespräch geführt. Er erzählte mir, dass Capt. R. eine steile Karriere gemacht hätte, immer ein toller Typ gewesen sei und die Frauen mochte. Er habe lange Kontakt mit ihm gehabt. Dazu muss man noch wissen, dass Capt. R. als Major General Stadtkommandant von Berlin wurde und Rudolf Hess als wichtigen Gefangenen hatte. Dieser hat sich später in einem Interview geäußert, dass R. der einzige Kommandant gewesen sei, der mit ihm in seiner Muttersprache Deutsch geredet habe.

Puh, das waren ja superinteressante Nachrichten. Mein lieber Freund Bernd hat gleich im Internet nach Sir Roy R. gesucht und ist auf langen Seiten fündig geworden. Also von der Königin zum Ritter geschlagen, unzählige Orden erhalten und Autor eines Buches „Balkan blue". Nun wurde es ja immer spannender. Er ist in Rumänien geboren und später in der ganzen Welt herumgekommen. Also zwischendurch bin ich mal wieder in die Stadt gefahren, habe eine Schokolade getrunken und darüber nachgedacht, was der Fund eines alten vergilbten Fotos bewirkt hat. Jetzt muss ich aufpassen, dass mir mein roter Faden durch all diese Ereignisse nicht abhanden kommt. Jimmy, Du bist und bleibst meine Hauptperson! Von Wolfgang F. bekam ich nun die Adresse des Verlages in England, bei dem Sir Roy R. sein Buch hatte verlegen lassen. Er hatte es sich einmal gekauft, daher die Adresse. Leider gibt es das nur in Englisch.

Verlag Leo Cooper 47 Church Street Barnsley . So, das müsste eigentlich alles klappen. Margot St. hat mir meinen Brief ins Geschäftsenglisch übersetzt, es macht mehr Eindruck. Ich habe gebeten, den inliegenden Brief an Sir Roy R. weiterzuleiten, da ich seine Adresse nicht hätte.

„Lieber Mr. R.,
über Inge und W. F. habe ich die Adresse Ihres Verlages erhalten. Inge und ich waren Kolleginnen in Wesendorf. Und nun meine Bitte... Kannten Sie den Mann auf beiliegendem Foto? Er war meine große heimliche Liebe 1948-1950 und hieß Jimmy A.. Ich weiß nicht, ob ich den Namen richtig geschrieben habe. Durch Zufall fand ich dieses eine Foto wieder. Wir stehen am Moocks Hotel in Altenau Ich habe eine kleine Novelle geschrieben über mein Leben und meine Liebe. Können Sie mir helfen, seine Adresse zu finden?"

Nun habe ich erst einmal mit Margot telefoniert. Ob sie will oder nicht, sie ist nun total mit eingebunden. Und ja sowieso interessiert, was bei all dem herauskommt. Hat so ein „Weltbürger" überhaupt Zeit für so eine Anfrage? Er hatte... Nach gut einer Woche bekam ich von Sir Roy R. eine überaus freundliche Rückantwort!

„From Mayor General Sir R.
Chelsea London",
Dear Trudi
Was für eine angenehme Überraschung Deinen Brief zu erhalten. Ich erinnere mich an Wolfgang F., er hat uns viel geholfen. Ich sende Dir Dein Foto zurück, weil es Dir bestimmt viel bedeutet. Was für ein gut aussehendes Paar Ihr seid, und habt nicht geheiratet? Ich habe im Internet versucht seinen Namen zu finden, vielleicht können meine Enkelkinder besser helfen. Wie auch immer, es sind 55 Jahre seit diesen glücklichen Tagen vergangen und Du und ich müssen erkennen... wir sind beide über 70... (was für ein charmanter Mann!) Wenn ich von vergangener Liebe träume, wünschte ich mir, damals mehr vom Leben gewusst zu haben, als ich heute weiß. A. ist ein bekannter Name, ich konnte aber keinen James oder Jimmy finden. Ich werde weiter versuchen, aber über 80 wird alles langsamer.

Mit all meinen guten Wünschen
R.

Mit Margot telefoniert und alles beredet. Was für ein Vergnügen, so eine Korrespondenz! Ein bisschen sprachlos sind wir beide schon, dass alles so reibungslos läuft! In der Stadt bin ich mit zwei Damen verabredet, die über alte Bürgerhäuser in Gifhorn schreiben wollen. Eine Bauingenieurin und eine Architektin stellten sich vor. Wir sind in ein Café gegangen und haben erste Gespräche über mein Haus Steinweg 82 geführt. Ein paar alte Fotos hatte ich mitgebracht. Wir haben uns für nähere Einzelheiten bei mir verabredet.

Frau K. kam, es wurde ein vergnüglicher Nachmittag mit Kaffee und Kuchen und vielen alten Fotos. Diese beiden rührigen Damen haben sich in Leiferde einen Lebenstraum verwirklicht. Wohnen in einem umgebauten und liebevoll restaurierten alten Bauernhaus und die angrenzende Scheune ist für viele kleine Geschäfte eingeplant. Zur Einweihung habe ich schon eine Einladung bekommen und bin natürlich sehr gespannt. Sie haben beide mein Buch gelesen, sind begeistert und planen im Winter während eines größeren Events eine Lesung. Wird das ein Literaturzirkel? Würde mich sehr freuen!

So, nun habe ich drei Stunden durchgeschrieben. Ich nehme jetzt meinen Polo und fahre einkaufen. Die große weite Welt Gifhorns erleben. Die grauen Zellen müssen frische Luft bekommen. Außerdem geht's heute Nachmittag zur Magnetfeldtherapie mit Sauerstoffdusche und „Traummusik". Geht's mir doch gut! Jetzt sitze ich wieder an meiner Maschine, es kann weitergehen. Die Dunkelheit ist hereingebrochen und mit Licht und schöner Musik wird es schon recht gemütlich. Gute Zeit um Briefe zu schreiben. Das tue ich sowieso sehr gerne. Also, Sir Roy R., jetzt kommt meine Antwort in gepflegtem Englisch.

Dear R.,
danke für Deinen netten, persönlichen Brief. Dass Jimmy nicht im Internet zu finden ist, war mir klar. Es ist ein Name wie Meyer oder Müller in Deutschland. Wir waren über Jah-

re nur Jimmy und Trudi, wahrscheinlich habe ich seinen Namen immer verkehrt gedacht. Wir haben uns ja nie geschrieben. Der deutsche Chief Clerk in Wesendorf 1948-1950 Klaus W. machte mir Hoffnung, dass Jimmy vielleicht an Deiner Seite gearbeitet habe. Das Gesicht kam ihm bekannt vor. Das war der Grund, Dich anzuschreiben. Kann ich Dir mit meiner Liebesgeschichte eine Freude machen? Nun noch eins, ich habe mit einem jungen Freund im Internet Deine Vita studiert. Dein Foto ist leider sehr klein und undeutlich, kann ich um ein besseres bitten? Es würde mich freuen.

Herzliche Grüße aus Deutschland,
Trudi Bogya

Ich habe mir einen guten Kaffee gemacht, mein mitgebrachtes Stück Kuchen mit ziemlich schlechtem Gewissen verzehrt und mich mit Trudis Spezial-CD berieseln lassen. Das musste jetzt einfach sein, das Leben ist doch manchmal noch recht nett!

Man denkt über viele Dinge nach, das Alter hat oft auch schöne Rückblicke. Ich wusste immer, dass ich Jimmys ganz große Liebe war. Über den Abschied darf ich nicht nachdenken dann geht es mir heute noch schlecht! Was muss in ihm vorgegangen sein, als ich von Trennung sprach! Er hat mir zur Verlobung mit Arpad einen englischen Opernführer geschenkt! Ein Grund, mich noch einmal zu treffen! Dazu haben wir uns bei meiner Freundin Inge zum Tee getroffen. Um ihn nie zu vergessen hat er eine Widmung hineingeschrieben. Auch diese beiden Opernführer von Arpad und Jimmy stehen nebeneinander im Regal. Ich habe oft darin geblättert. Als ich vom Einkaufen nach Hause kam, traf ich eine alte Bekannte, mit der ich noch vor einigen Jahren im Fitnesscenter trainiert habe. Wir sind beide sichtbar älter geworden und haben uns dann auf eine Teestunde bei mir verabredet. Sie kam und hat mit Interesse mein Schreiben über mein Leben gehört. Und plötzlich fing sie an zu erzählen. Sie beteuerte, dass sie keinem ihr Leben erzählt habe. Ich respektiere das, indem ich anonym wiedergebe, was sie mir in kurzen Sätzen erzählte. Man sieht ihr ihre Schönheit heute noch an. Schön und stolz muss sie gewesen sein.

Ihre Ausstrahlung zeigt das noch heute. Sie würde ja auch gern alles aufschreiben, ihr Leben sei sehr aufregend gewesen, aber... nun von Anfang an. Sie ist mit einem Major der Deutschen Luftwaffe verheiratet gewesen. Als Stukaflieger im zweiten Weltkrieg hoch dekoriert mit dem Ritterkreuz ausgezeichnet, ist er im Einsatz gegen England über dem Kanal abgeschossen worden und darin läge er noch heute. Als Witwe mit zwei Kindern hat sie später einen SS-Mann kennen gelernt. Es war ein Belgier mit Namen Buick, er gehörte zu der reichen Autofamilie. Zur standesamtlichen Trauung traf man sich im Familienkreis und wartete auf den Bräutigam. Und nun die Tragödie: ein Polizeiwagen kam und brachte die Nachricht, dass ihr zukünftiger Mann tödlich verunglückt sei. Sie ging später mit ihren Kindern nach Ostdeutschland zurück, weil da Besitz und viel Vermögen vorhanden waren. Die Russen haben sie nach Sibirien verschleppt und ihren rechten Arm zerschlagen. Sie könne deswegen auch nicht mehr schreiben. Das waren in knappen Sätzen die Erlebnisse ihres Lebens. Wir haben nach diesem Bericht beide mit starken Emotionen kämpfen müssen.

Ich habe ihr mein Buch geschenkt. Sie hat sich schon gemeldet und fand alles interessant und schön! Besonders meine polnische Affäre und die damalige Einstellung der Bevölkerung zu Ausländern. Sie hat darüber nachgedacht, was wohl passiert wäre, wenn ihr zukünftiger Mann überlebt hätte! Er hätte als früherer SS-Mann wohl nicht so schnell nach Belgien zurück gekonnt. Sie fragte mich, ob sie das Buch ihrem Enkel zeigen dürfe, er sei an so Schicksalen sehr interessiert. Sie hat ihm übrigens das Ritterkreuz ihres Mannes geschenkt. Es sei bei ihm in guten Händen. Wir sehen uns bald einmal wieder.

Eine alte Weisheit: Jeder hat seinen Schicksalsweg!

Dieses Schreiben über alle Geschehnisse in meinem und anderer Leute Leben ist wie ein Zurückkehren zu sich selbst, eine Therapie für die Seele. Goethe hat einmal geschrieben:

„Ich besaß es doch einmal was so köstlich ist!
Dass man doch zu seiner Qual nimmer es vergisst!"

Aber hätten wir diese Erinnerungen nicht, wäre unser Leben so arm. Es ist das Paradies, aus dem wir nicht vertrieben werden können. Im Alter, wo man schon das kleine Licht am Ende des Tunnels sehen kann, wütet man nicht mehr gegen das Schicksal, das uns manchmal ganz schön ungerecht behandelt hat. Es überwiegen gnädigerweise die guten Erinnerungen.

Heute ist ein ziemlich grauer, trüber Tag, so kleine Depressionen schleichen sich ein. Weiterschreiben mag ich nicht – habe Matthias ein paar Rosen gebracht und versucht, traurige Gedanken zu verscheuchen. Ging nicht ganz! Ich habe, zu Hause angekommen, alle Lichtquellen angeknipst und Kerzen vorm Spiegel angezündet. Eine Tasse Kaffee getrunken, nun ist es schon viel besser. Außerdem hatte ich mir noch ein schönes Stück Kuchen bei Annchen Pöthig gegönnt. Gleich ist die Welt wieder in Ordnung!

Das Telefon meldet sich, meine liebe Bekannte Edtih Maria M. berichtet mir, dass sie mein Buch schon zur Hälfte auf eine Hörspielkassette gesprochen habe. Sechs Stunden ... Sie habe das Mittagessen vergessen und sei ziemlich kaputt jetzt! Es mache ihr aber sehr viel Spaß, es ließe sich gut sprechen. Sie hatte mir das vor Wochen angeboten, ich war begeistert, denn der Trend geht dahin.

Seit ein paar Tagen habe ich nun meine Liebesgeschichte komplett auf Kassette. Edith Maria hat mit ihrer schönen Stimme alles gesprochen. Für mich ist es ziemlich anrührend, meine eigenen Gedanken von einem anderen Menschen gesprochen zu hören. Ich habe sie mir immer und immer wieder angehört und kann kaum glauben, dass ich das selber bin mit all diesen Geschehnissen. Welche innere Kraft hat mich da getrieben, das alles so und nicht anders zu schreiben. Die Fakten stimmen ja alle, manches könnte ein bisschen besser beschrieben sein, aber da war ich mir selbst im Weg mit meinem schlechten Gedächtnis. Wie sehr ich mir Erinnerungen herbei sehne!

Mit einem Espresso und meinen Gedanken sitze ich im Sessel, die Fotos meiner beiden Männer in Reichweite und grübele darüber nach, was das Leben und die Liebe mit mir gemacht hat. Heute ist Silvester und ich lasse das vergangene Jahr Revue passieren. Meine Lust am Leben ist durch das Schreiben meiner Lebensgeschichte wieder voll erwacht. Matthias Tod hat mich so unendlich gelähmt. Der Dezember ist immer wieder schlimm. Ich denke mit großer Wehmut an ihn. Mein Buch habe ich ihm gewidmet! Vor Jahren sagte er einmal: „Wenn man dich nur ließe, du bekämst bestimmt Lust auf etwas Besonderes und kämst dann groß raus!" Mit meinem Buch fühle ich mich da auch schon ein bisschen auf dem richtigen Weg. Ich habe große Lust, weiter zu machen. Mir fehlt im Moment noch die zündende Idee! Und der Dezember muss sich erst verabschieden. Die unterschiedlichen Stimmungen bremsen mich gewaltig!

Meine liebe Edith Maria hat leider eine schlechte Kassette erwischt. Mein Nachbar Bernd hat versucht, sie zu entzerren und hat sie mir auf eine CD überspielt. Und den Vorschlag gemacht, alles noch einmal aufzunehmen. Mit seiner professionellen Hilfe ist Edith einverstanden.

Regina, meine gute Nachbarin, klingelt und wünscht mir mit einem Töpfchen Glücksklee einen guten Rutsch ins neue Jahr. Viele Telefonate sind heute bei mir angekommen. Mit ein paar ganz, ganz lieben Menschen muss ich einfach noch ein wenig plaudern und versuchen, keine traurigen Gedanken hochkommen zu lassen. So geht dann auch der letzte Nachmittag im Jahr 2005 vorbei und heute Abend verdränge ich mit Fernsehen schwarze Gedanken. Was hat mir das alte Jahr alles geschenkt! Zauberhafte Erinnerungen an meine beiden Männer. Voller Liebe denke ich zurück und bereue überhaupt nichts! Schuldgefühle sind durch meine verklemmte Einstellung zum Leben entstanden. Heute betrachte ich alle Ereignisse als Schicksalsweg, ohne Selbstvorwürfe. Ich lebe jetzt mit meiner Vergangenheit im Reinen! Hier zitiere ich noch einmal Goethe!

> „Wenn Gott mich anders gewollt hätte,
> hätte er mich anders gemacht!"

Das alte Jahr verabschiedet sich in ein paar Minuten und ich bin bereit auf ein Neues! Meine Spurensuche geht weiter, ich hoffe, noch einmal Post aus England zu bekommen und schließe dann, wie auch immer, meine Nachforschungen!

Mein Gefühl sagt mir, dass ich über Jimmy nie mehr etwas erfahre. Unser gemeinsames Foto und meine Erkenntnisse, die ich beim Schreiben meines Buches gewonnen habe, helfen mir eine schöne Liebe im Herzen zu bewahren. Das hat mir das Jahr 2005 geschenkt! Dafür bin ich sehr dankbar! Der Januar 2006 nimmt langsam mit Kälte und Sonnenschein seinen Abschied. Erste Vogelstimmen erinnern daran, dass es irgendwann Frühling wird.

Ich bin zum 80. Geburtstag bei meinem Freund eingeladen. Es war eine Damenrunde und versprach interessant zu werden. Und Fritz fühlte sich sichtlich wohl dazwischen. Neben mir saß meine gute alte Freundin Ulla. Wir hatten von Beginn unseres Kennenlernens vor vielen Jahren einen guten Draht zueinander. Unweigerlich kam unser Gespräch auf mein Buch, das sie gelesen hatte und begeistert war. Sie bot mir an, nach Jimmy zu forschen, da sie neutral in dieser Sache sei. Ich habe ihr meine Fragen am Telefon übermittelt. „Warum ist immer noch keine Rückantwort von Sir Roy R. aus England erfolgt? Lebt Jimmy noch?" Abends rief sie mich an und teilte mir das Ergebnis ihrer Nachforschung mit: Sein Name Jimmy A. stimmt. Er ist seit fünf Jahren tot, was ja auch Fritz herausbekommen hatte. „Trudi, über 20 Jahre warst du in seinem Herzen! Er hat später geheiratet und ist glücklich geworden!"

Und nun zu Mayor General Sir Roy R.! Er hat meine Post vom November 2005 nie bekommen. Der Brief ist verloren gegangen, wahrscheinlich gestohlen. Ulla hat mir dringend geraten, noch einmal zu schreiben und eine Kopie meines damaligen Briefes mit zu schicken.

Also ran, Trudi! Denn sein Schreiben vom Oktober 2005 war so herzlich, dass es einfach einer Aufklärung dieses mysteriösen

Falles bedarf! So, nun geht alles wieder los. Dieses Mal per Einschreiben und mit der Hoffnung, dass es klappt! Margot muss auch wieder unterrichtet werden. Einen netten schönen Brief aus England wünsche ich mir jetzt schon zum Abschluss meiner Spurensuche. Es wäre tröstlich, noch einmal Post von einem „Zeitzeugen" zu erhalten. Meine Seele weint, es ist alles wieder so nah! Ulla merkt es und ihr Zuspruch: „Trudi, wer hat schon so eine Liebes- und Lebensgeschichte erlebt! Dankbar kannst du sein mit all deinen Erinnerungen!" Ach, das ist so ein schmaler Grat zwischen „alles verloren haben" und diesem „dankbar sein"! Das wird wohl noch eine Weile dauern! Es war einfach eine große Liebe!

Heute Abend habe ich mir meine Hörbuch Mannschaft zum Essen eingeladen. Wir wollen zu PINO! Edith Maria M. hat meine Geschichte so schön gesprochen und Bernd Riechers hat alles technisch begleitet und mir eine wunderschöne CD daraus gemacht. Es ist ein kleines Meisterwerk geworden! Was ist alles aus unserem Foto entstanden, Jimmy!

Ich bin so dankbar, dass ich mich selbst so erleben darf! Das Leben meint es doch noch ganz gut mit mir! Die Wintersonne scheint mir einfach zu hell. Es ist nicht meine Zeit! Meine Stimmung wird nicht viel besser, da hilft im Moment auch mein „Gute Laune Kästchen" nicht sonderlich. Bis zum März zu meinem Geburtstag muss ich den Winter ertragen, dann geht es wieder voran! Mein Lebenselixier: Sommer und Sonne! Ich komme von einem sehr schönen Abend bei PINO mit Ida und Bernd zurück. Edith Maria ist in ihren Nerz gehüllt durch die eisige Winternacht zu ihrer Wohnung im Steinweg gewandert! Gute Gespräche und viel Lachen waren vier Stunden unsere Begleiter! Und nun höre ich Mozart, ein wunderbarer Abschluss dieses schönen Abends!

Ein paar Wochen sind vergangen. Immer wieder auf Post aus England gewartet! Nichts! Ich denke viel zu viel an Jimmy, es geht nicht aus meinem Kopf! Daneben mein Leben mit Arpad, meiner Familie! Es verwischt sich alles, die Sehnsucht hört nicht auf! Im Herzen, in der Seele, in allen Gedanken! Manchmal plagen mich doch noch ganz heimlich Zweifel, warum habe ich diese Liebe nicht ehrlich und offen gelebt?

Das Glenn Miller Orchestra spielt in unserer Gifhorner Stadthalle – Jazz, Swing und Entertainment! Lilli und mich hat dieser Sound in unsere schönsten Lebensjahre entrückt, wir lassen uns gefangen nehmen von Erinnerungen! Blitzt da eine Träne? Das begeisterte Publikum wird total zum Mitswingen animiert bei diesen perfekten Jazzsolisten und den so bekannten Welthits! Schönste und auch wehmütigste Erinnerungen! Dieser Abend war ein Geschenk! Meine kleine Novelle macht Karriere, es geht meinen Lesern total ins Herz! Mir macht es natürlich große Freude. Oft genug lasse ich mir von Edith Maria auf der CD mein Leben vorlesen. Und wundere mich schon über mich selbst, mein Leben! Nehme Jimmys, Arpad und mein Foto in die Hand und denke nach, und freue mich!

Nun habe ich es erfahren, Sir Roy R. ist krank, er kann gar nicht antworten. Zu dieser Erkenntnis sind mehrere meiner Freunde, unabhängig voneinander, gekommen. Es soll alles nicht sein!

Liebes Herz, werde ruhig!
Schließe das Buch deiner Spurensuche!

März 2006

Some memories never end...

Mein Suchen geht weiter, ich kann nicht einfach aufhören mit diesen neuen Möglichkeiten. Liebe Freundin, wie sehr trifft das schöne Gedicht Rilkes mitten in mein Herz und lässt mich voller Hoffnung weiter suchen:

> „Ich lebe mein Leben in wechselnden Ringen,
> die sich über die Dinge zieh'n.
> Ich werde den letzten vielleicht nicht vollbringen,
> aber versuchen will ich ihn!"

Ich habe wieder einmal die Hoffnung, dass der Ring, der sich im Moment über meine Kontakte nach England legt, Klarheit in manche Dinge bringen kann, aber abwarten! Ich erzähle Dir nun, wie es dazu gekommen ist!

Mit guten alten Gifhorner Freunden saß ich beim Mittagessen in der Ratsschänke, über den Tisch hinweg ergaben sich muntere Gespräche, Erinnerungen an früher wurden ausgetauscht, nach alten Bekannten gefragt. Einfach Jugenderinnerungen aufgefrischt. Lotte H? Jahrgang 1925. Sie hat nach England geheiratet, ihr Mann war damals Dolmetscher im Gifhorner Schloss. Bei mir gingen sofort alle Alarmglocken los. Von wegen Schluss mit Nachforschungen! Ich war wieder mittendrin! Inges gute Kontakte in alle Richtungen verhalfen mir ganz schnell zu der Adresse und Telefonnummer von besagter Lotte K. geborenen H.: Lotte und Bob K., Kingsbury, London.

Ich habe nicht lange gefackelt und gleich abends angerufen. Lotte war am Apparat und wir hatten sofort ein gutes Gespräch. Wir kannten uns ja von früher. Sie weiß noch alles über Gifhorn, jedes Jahr kommt sie mit ihrem Mann für ein paar Wochen rüber. Wenigstens 20 Minuten haben wir uns unterhalten, mit Bob ein wenig geplaudert, er spricht sehr gut deutsch. Seine Großeltern sind früh nach England ausgewandert, sein Vater hat in Großbritannien geheiratet, daher der unenglische Name.

Ich habe ihnen meine Bitte vorgetragen nach Jimmy zu forschen. Sie haben mir beide sofort ihre Hilfe angeboten. Dieses Gespräch hat uns allen viel Spaß gemacht. Bob sagte mir, dass es in England, also London, eine Stelle gibt, wo man forschen kann. Ich sollte mein Buch Spurensuche und alle wichtigen Notizen rüberschicken. Sie würden gern für mich tätig werden und in den nächsten Tagen nach London reinfahren!

Ich war elektrisiert, meine Fantasie machte Bocksprünge! Nun geht das Zittern und Warten wieder los! Wie soll ich bloß ruhig werden. Das Päckchen fertig machen und ab geht die Post nach England mit einer gehörigen Portion Hoffnung auf neue Erkenntnisse!

Am 18. März habe ich meinen 82. Geburtstag gefeiert, mit meiner Familie und vielen lieben Freunden. Meine Wohnung ist ein Blumenmeer! Nach diesem langen kalten Winter ein Labsal! Geflüsterte Wünsche: „Mein Wunsch für dich, Trudi, dass du irgendwann etwas über Jimmy erfährst!" Ich habe mir Shakespeare aus dem Regal genommen, Jimmys Portrait und das seiner Mutter aus dem Buch geholt und sinne über die Zeit in der Bücherei nach. „To Trudi, with all my love, Jimmy!"

Warum muss ich mit 80 all das noch einmal erleben! Ich habe einfach noch nicht alles verarbeitet! Vor ein paar Tagen geht das Telefon, Lotte meldet sich aus London und hat viele Fragen. Was beide sehr erstaunt, das Päckchen war über eine Woche unterwegs. Mit Sir Roy R. war das mit der Post auch so eine komische Sache.

Bald glaube ich, dass die Post kontrolliert wird! Lotte erzählt mir, dass Bob und sie alles gelesen hätten und nun sehr interessiert an meinem Leben seien. Woher ich denn nun wüsste, dass Jimmy wahrscheinlich schon fünf Jahre tot sei! Ich habe versucht, ihnen zu erklären, dass das was mit Meditation zu tun hat. Sie sind schon in London gewesen und haben über viele Stunden in dicken Büchern nach Jimmy oder James A. gesucht. Zwei dieses Namens sind 1997 und 2005 in Nottinghill gestorben.

Lotte bohrt nach. „Trudi, bei dieser großen Liebe musst du doch wenigstens wissen, wo er gewohnt hat. Oder seinen Geburtstag und wie alt er war!" Liebe Lotte, wenn ich das alles wüsste, wäre ich heute bestimmt schon weiter! Ich kann ja selbst nicht begreifen, dass die Erinnerung so total ausgelöscht ist! Es kommt einfach nichts zurück, so sehr ich mich auch anstrenge! Vieles aus meinem Leben ist ja wieder aufgetaucht, nur meine Liebe zu Jimmy hat so entsetzlich viele Lücken. Bob kommt ans Telefon: „Also Trudi, es gibt den Namen auch noch in anderer Schreibweise. Ich buchstabiere ihn dir einmal: A.!" Ist das nun der Schlüssel zu all meinen Nachforschungen und Misserfolgen? Sie wollen beide in den nächsten Tagen nach London fahren und weiter machen. Die Hoffnung stirbt zuletzt! Und ich bin wieder sehr aufgeregt, was kommt da auf mich zu!

Jimmy, lebst du vielleicht noch? Ich kann gar nicht ruhig darüber nachdenken. Werde jetzt den Rest Champagner „Dom Perignon" trinken und mich einfach darüber freuen, dass es so viele gute Freunde gibt.!

Lange habe ich nun nichts von Lotte und Bob gehört! Dann kam ein Anruf: „Liebe Trudi, ich bin schon eine ganze Weile sehr krank. Bob versorgt mich liebevoll, ich kann gar nichts machen.

Heute bin ich zum ersten Mal aufgestanden. Wir konnten deswegen leider nichts unternehmen." Ich hab ihr gleich ein hübsches Päckchen geschickt mit vielen guten Genesungswünschen. Das war's! Irgendwann telefonieren wir bestimmt noch einmal miteinander.

Spurensuche Jimmy, es hört nicht auf!

Also, meine Liebe, wir hatten Straßenflohmarkt und meine Freunde beteiligten sich, auch Verwandtschaft aus Wipshausen. Lange hatten wir nichts voneinander gehört, jeder hat so seinen Alltag zu bewältigen. Sabine bekam natürlich mit, dass ich starke Probleme mit meinem Rücken habe und so vereinbarten wir einen Behandlungstermin. Was sie für eine Kraft hat, weiß ich! Ich habe mich völlig ihrer Meditation überlassen. Nächste Woche sehen wir uns wieder. Völlig entspannt habe ich vor ihr gesessen und sie gefragt, ob sie mir Fragen über Jimmy beantworten kann. Sie kennt ja mein Buch! Sie hat mir bestätigt, dass ich die große Liebe seines Lebens war und er mich nie vergessen hätte. Er wäre schon ein paar Jahre tot. Eine militärische Laufbahn hat er nicht eingeschlagen. Seine Familie besitzt eine sehr, sehr hohe Stellung in der englischen Gesellschaft. Bei ihrer Meditation bekam sie heraus, dass Auskünfte über seine Person nicht möglich waren. Das erklärt wohl auch, dass meine Nachforschungen zwecklos verliefen. Er war verheiratet. Ich konnte es natürlich nicht lassen, Fritz W. um eine Stellungnahme zu bitten. Er hat mir den Gefallen getan und bestätigt, dass Sabines Ergebnisse schon stimmen könnten.

Was soll ich nun glauben! Ich bin hin und her gerissen. Diese Liebe lässt mich nicht zur Ruhe kommen. Jimmy, wer warst du? Ich weiß nur, dass du einen Siegelring am linken Ringfinger getragen hast. Wir wussten wohl beide damals schon, dass unsere Liebe so und so keine Zukunft hatte.

Was hast du einmal gesagt: „Romeo und Julia in Wesendorf!"

Unsere Zeit war unendlich schön. Eigentlich weiß ich erst jetzt, wie viel Liebe ich bekommen habe!

It's over now!

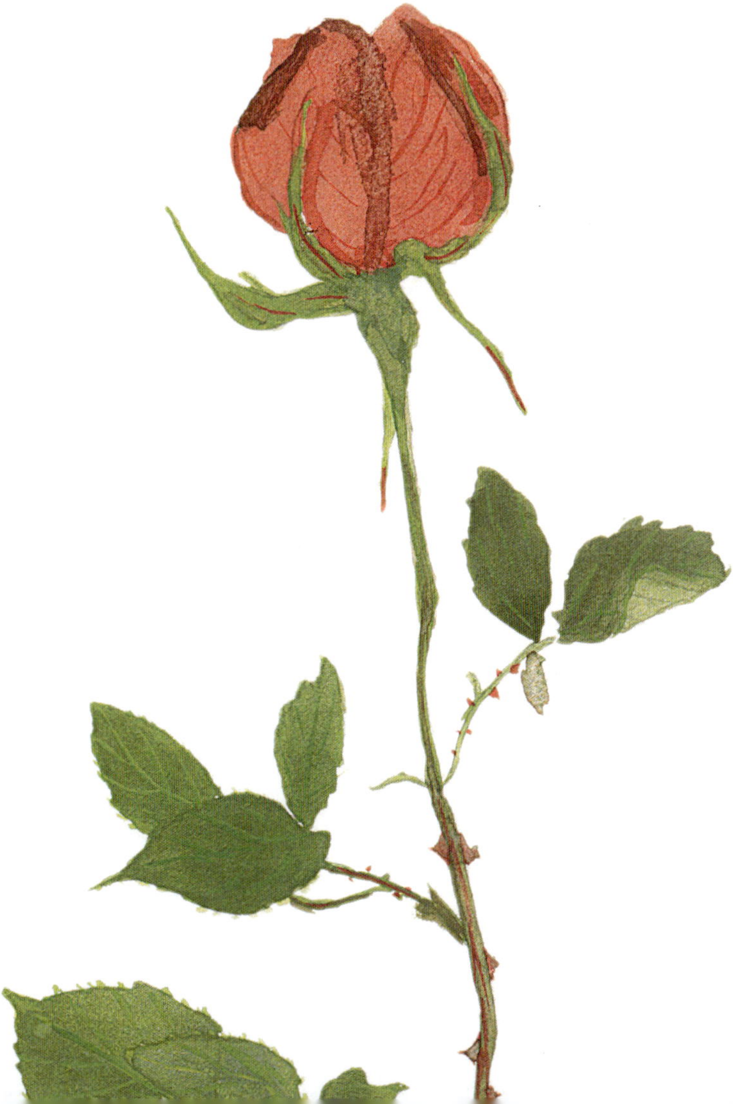

© September 2007 – Gertrud Bogya
aktualisierte Neuauflage
Gesetzt in der Swift
Zeichnung – Trudi Bogya, Gifhorn
Gestaltung – Betti Bogya, Kiel
Herstellung und Verlag – Books on Demand GmbH, Norderstedt
ISBN 978-3-8370-1308-5

Bibliografische Information der Deutschen Nationalbibliothek
Die Deutsche Nationalbibliothek verzeichnet diese
Publikation in der Deutschen Nationalbibliografie;
detaillierte bibliografische Daten sind im Internet über
http://dnb.d-nb.de abrufbar.